JN225766

田端日記抄

水島和夫歌集

六花書林

田端日記抄　＊　目次

Ⅰ章

Ⅱ章

装幀　真田幸治

田端日記抄

I章

（一九九六年九月〜二〇〇七年一一月）

再　発

八年間コントロールをされ来たるてんかんが児に再発したり

（王子養護学校小等部５年）

添ひ寝して児の背を撫づるてのひらを隔てたる血は流れあひつつ

河川敷のコスモスの群れをゆきたればしばしわが児を見失ひたり

『にんじん』の母親もかはいさうねと妻が言ふルナールは母をつひに許さず

ひつそりと厨にあれば裏方のマルタの幸ひといふもあるべし

陽炎の母

かそかなる寝息もたてず八十日を眠りしままに母は逝きたり

物凄きプライドをもて母は生きプライドのみが母を生かしき

海を見ず繁は「海の幸」を描きたると蔑されしはむしろ褒むべき

陽炎のもゆる線路の向かうからなつかしき母があるき来たりぬ

いまはの際「僕逝くから」と弟は言ひ「逝きなさい」と母は言ひにき

長沢美津歌集『雪』を読む　子の夭き自死ほどあはれはなけむ

母はよく讃美歌を唱ひしが〈ここはお国を何百里〉などもうたひぬ

ゆくもののなべて落つるをまなかひに「正念場」とふ母の口癖

勇気

名乗り出でたたかひしゆゑもみくちやにされつつ逞しく強くなるらむ
（川田龍平氏）

ガンジスに流れてゐないものはないと地獄極楽なべて浮かべつ

月面を霊満ちたるか還り来し宇宙飛行士は神秘主義者となれり

なかにし礼の兄への愛憎「死んでくれてありがたう」とは

つきつめて思はぬ癖は障害の重き子が生れし頃にはじまる

働き者といはるる蟻の本当に働きゐるは二割のみとふ

勝ち方を習はざる子はよわき子を執拗につひになぶりやめざり

教師より親よりつよき支配力持ちし生徒が教室にゐる

少女らの集団遊びに過ぎざるが魔女裁判になだれゆく見ゆ
（アーサー・ミラー『るつぼ』）

ぽつんとあらはれし火はやがて群れ、つながりて川をおほひぬ

夢見ること夢かなふこと人間のふたつながらの罪のはじめは

悟り

断定のことばにて了る吉郎の詩に魅せられしははるかなりけり

「われはきつぱりと服従する」と言ひし詩人は浴槽に死せり

田んぼに群れ鳴く数百の蛙にボスも部下もあらざるといふ

夜の蛙のいっせいに鳴くここは田んぼならぬ荒川遊園地

鏡ヶ浦をのぞむかにた婦人の村に石碑「噫従軍慰安婦」とある

掠奪、強姦、放火、虐殺の限りを尽くせる聖戦なりき

性欲に順位はありて将校が率先しまづ慰安所へ行く

立待岬絶壁から身を投げし娘らの「オモニー、オモニー」聞こゆ

年老いし政治家が参拝す享年二十九の吉田松陰を

悟りなど微塵もあらず人の世のさびし淋しと西行のうた

臨終の床にカトリックの受洗せし中村草田男、葛原妙子

ことば

もう少し早く降伏してをれば、と悔ゆることなきか昭和天皇

雨の日の終日を子と過ごしたりことばなき子のかそけきひかり

ならば汝よ一日を声発さずに過ごしてみよと吾子は言はずも

稚拙よそほひ修身臭のふんぷんと相田みつをは『にんげんだもの』

混沌とせる子の脳のねむるときかたちなせる夢はありしか

〈障害を生かしきる使命〉を担ひしと乙武洋匡の誠意を思ふ

イワン・デニーソヴィチは全くひどい一日を幸福な一日と記す

卵よりかへりたるカマキリはほそく小さく親と同形

木洩れ陽

木洩れ陽に吹く風の音をききながらこの世ならざる少年とわれ

窯変とふことば思ひぬ窯の中を土は思ひもよらぬ変化す

〈水掘つてゆくクロールの泳ぎかな〉右手左手交互に掘つて

（大久保昇の俳句）

呆然とするとか恐怖にをののくとかなかりし吾子の泰然自若

こんないい子はほかにゐない、と吾が言ひ、妻娘が言ふ

ことば持たず十六年を生き来しが何か言ってよ、父さん、母さんとか

あんな意地の悪い笑ひを浮かべたと帰りて妻はくやしがりたり

ピエタ像に母子相姦を視しといふ葛原妙子の妄想あやし

宇宙

宇宙五十億歳、地球四十六億歳、生命三十八億歳のはるけさ

〈この宇宙の星の数ほどの別宇宙〉われの生命も瞬時にすぎぬ

（宗左近『藤の花』）

言へばよかつた言はぬがよかつたとめどなく迷ひしと妻が言ひたり

いちいち言ひ直さなくていいから話しやすい話し方でいいから

〈鳥の巣に鳥が入つてゆくところ〉不意を衝かれて泪出できぬ

（波多野爽波の俳句）

「ジャニー・ギター」のやうな歌、ペギー・リーのやうな声に安らぐ

悲しきは悪魔、雨音、インディアン、ラジオ・デイズの泪ぐましも

（藤原龍一郎さんへ）

ペンギンの翼あな武器にして人の腕さへへし折るといふ

日脚

〈日脚伸ぶる生きる意欲の湧きあがる〉死刑囚に励まされゐる
（大道寺将司『友へ』）

海市とふ美（は）しき語すなはち蜃気楼いつか日本海の浜辺に見たし

田端駅前に托鉢をせし男上野公園に衣類洗へり

ホームレスの僧文字どほり出家せるに不思議はあらず

園生まれと野生育ちのオホアリクヒが檻の中にともに睦める

（上野動物園）

被造物

狭き室にひしめきて給食を受くみなすこやかなるはたのし

欲望うすき少年のちひさき欲望せめてかなへてやらむ

いま生きて在ることが大事これ以上の大事はない生きて在ること

待つときは全身で待つゆらゆらと揺るるわが全身で待つ

ノートルダム寺院薔薇窓さし込みし光の先にピエタはありぬ

たとへ神がをらぬとしても人間が被造物なるは変はらぬ

モン・サン＝ミシェルはるばると来つ修道院、城、監獄と機能変へたる

手品好きの朔太郎の遺品の中に手品のタネ明し書きがありしと

弟

弟を覚えゐし人の減りたれば遺影の前に一日過ごしぬ

（三十三回忌）

これから小学校の教員となる矢先半年を病みあへなく逝きぬ

死にゆくほかなき日々を二十二歳で耐へしおとうとの孤独おもひぬ

眼をかつとみひらきしまま逝きたれば弟よ最期に何を見つめき

弟よ吾は生きて東京の下町に家族とつつましき夕餉囲みぬ

夕焼雲

〈いはずもがなの前提が成りたたぬ世〉と辺見庸氏が嘆く
哄笑とつゆ思はねど相談員は笑みをしづかにつねにたたへき

全き依存のうちに生きゐる少年のめぐりの者はかしづくごとし

囚人たちは夕焼雲に呟きしとふ〈世界はどうしてかうも綺麗なんだらう〉

（フランクル『夜と霧』）

アンコール・ワットの背よりのぼる陽を池のほとりに坐りて待ちぬ

プノン・バケンの頂に来て地平線に陽の没るまでを見つめゐたりき

シモーヌ・ヴェイユ在らざる神に祈るときたましひのみの人となりしや

お花見に「あと何回見られるかしら」と春江さんの言ひしを忘れず

荒川河川敷

死してなほジョン・レノンの新盤が出でにけり戦争の止まぬ時代に

てんかんに襲はれし子の全身のけいれんを前になす術（すべ）あらず

大発作を全身で耐ふる少年はわれら家族の罪を負ひしか

河川敷のひかりの中に吾子と来てヒバリのひなの声をききたり

子とわれが河川敷をあゆめるをふたつの魂に上下はあらず

河川敷をあまねく春の日は照りて吾子とあるけば汗ばみにけり

少年らサッカーに野球に興じたるかたはらを吾と吾子はあるきぬ

友のため剪りしバラの棘に刺されリルケは敗血症に死にしと

生前の三島由紀夫の書斎に仏教の書物並びしが見ゆ

蛍は終夜を光るにあらず七時頃と十一時頃に光るのだとか

母の同志の人亡くなりて吾が弔辞を読みぬ母に替はりて

田端操車場

深更をふともめさめてわが見れば床の上に坐して妻は祈りぬ

田端操車場は列車の寝床深夜をあらゆる車種がねむりぬ

『草食獣　隠棲篇』にリハビリの歌読みてわが胸を詰まらす
（吉岡生夫歌集）

鳥屋町花見月とふ美(は)しき名の地の山桜見ることあらむか

北津軽に夕顔関とあるは丘に夕顔型の村をつくりき

光町母子（ははご）は九十九里浜の真中にありぬ父はいづくに

イザナギとイザナミ祀る社は両神山の麓にありぬ

憎き男もみなふぐり持ちたればかはゆしと淀川長治言へり

被写体

自立、自立とてやみくもに障害者をチャレンジドと呼ぶ

〈健全なる精神は健全なる身体に宿る〉この過ちを述べよ

月下美人が咲いたと吾を呼びに来しかの人はいま何をするらむ

何ひとつ作り出すなき少年のつくづく白き細き指なり

ほろほろと鳴く山鳥の来たる世も吾は汝の父でありたし

〈被写体に語らせることが先決〉と大石芳野言へる

従軍慰安婦はなかつたナチスはなかつた真珠湾攻撃はなかつた

李王朝の王宮遺跡を案内されつつひに日本への批判を聞かず（ソウル）

いつせいにみなが笑ひころげたる場面を吾は笑へぬ多し

池上本門寺下（した）文化会館へ杖つきてのぼり来る葛原妙子

らあめんと寿司が好きと言ひし葛原妙子おほきひとなる

杞憂

万事休すと思ひしたびを少年が「杞憂、杞憂」とほほゑみてゐる

患むことを選ばれしとは思はねど子のほほゑみに宿る神かも

宇宙には億万とふ太陽ありわが見るは億万分のひとつ太陽

二十歳前にドストエフスキー読みしが人生を変へたかも知れぬ

放蕩もこれまで、われの晩年は主のもとに帰るとせむか

あつたことはなかつたことに日本の新しいとふ歴史教科書

動かざれば捩り、抱き、数本の杉千年かけて一本になる
（屋久杉）

せせらぎのかすかな音も濁流の渦巻く牙も隈田川見す

賭け

パスカルの賭けにあらねど「神は在る」方に賭けむ余生を

日曜の朝会堂の長椅子に妻子とともに礼拝をせり

礼拝はサムエル記下八章を読めりダビデの侵略リスト

メソジスト派ブッシュ氏の〈聖絶〉をわが牧師は批判したりき

ますぐなるたましひ持てる少年とともに棲むわれらさいはひならむ

なんの屈託もなき少年よどんなご縁でわが家に来しや

死にかかはりしが多き夏を長女はひそとおめでたを告ぐ

Ⅱ章

（二〇〇七年一二月〜二〇一一年二月）

慟哭Ⅰ

臨終に近き赤子を抱いてあげてと医師は言ふ若き父、母に

（2007年12月23日早朝死す）

神も医療もこのひとつ小さき命をあな救へざる

（前日午後4時誕生するも）

みどりごの心肺停止を驚きて医師がハダシで駆けまはりしと

小児医療センターに運ばれしも赤子の蘇生つひにかなはず
（享年15時間49分）

ずつしりとまだ暖かき赤ん坊を抱きぬ生れてすなはち死せる

小さなる頭に髪も眉もあり小さなる手足に爪も生えゐき

みどりごのかほつくづくとながめたり死にしゆゑかくもりりしき顔は

誕生を喜びしわれら不意にしてわからぬ赤ん坊が死ぬといふこと

慟哭Ⅱ

こんな小さな金魚さへ生きながらへてゐるのになどてこの子は死にき

「お父さんお祈りして」と泣きながら頼みし吾娘へ祈り、甲斐なし

徹夜祈禱の甲斐もあらず神が生かしたまふと信じしものを

この世に「オギャー」と声を出ししのみ赤子があつけなく突然死とは

帰り来て寝るべき小さきゆりかごに赤子はなきがらとなりて帰りぬ

小さき顔に白布をのせるはあはれ　一夜を白布をのせず過ぐしぬ

薄月の照らせる夜を純白のベビー服の死に装束あはれ

ドライアイスに囲まれしみどりごのめぐりをわれら吐く息白し

慟哭Ⅲ

死にし赤子をみなで抱きしめて頬ずりをして別れ惜しみぬ

棺の中へ入れむ遺品さへなくて生れし子のすなはち天に召されぬ

よろこびゆ一挙にとほく残されて娘は赤子に頬ずりやめぬ

小さき柩をなでさすりつつ赤子に別れ告げし父、母

死にし子に「お顔を見せてくれてありがたうおつぱいも呑んでくれてありがたう」

死にし子に「お腹の中でいっしょに歌ったり運動したりして楽しかったね」

死にし子に「天国で待っててねおっぱいあげるから待っててね」

陽のひかり差しこむ冬の朝をかくも小さき葬式をせり

慟哭Ⅳ

産みしばかりの母体は見たり死にしばかりの子が炉に入りゆくを

葬儀場に子を焼きしあと産院に戻りて母体はねむり続けぬ

みどりごの誕生のよろこびのうたならずたちまちにして挽歌となりぬ

落日は野面をゆくにふり返ればわれら赤子を見失ひけり

生れしばかりの赤子と笑顔の父、　母と写りし写真三葉がある

骨壺は墓には入れぬ生涯をかたへに置くと娘は言ひにけり

死にし子を担ひてわれら暗き山の道なき道をどう歩くべき

（剖検結果　死因不明）

恨んでもいい、泣いて泣いて全部吐き出せと父われは言ふほかはなし

（グリーフケア）

時は決して傷を癒してくれざりとたんたんと言へるあはれ娘は

吾が祈りにともに頭（かうべ）を垂れゐしが妻は「然り（アーメン）」といはずなりたり

罵詈雑言は神に吐くべし喜びのきはみをどん底につき落とせしを

グリーフケアⅠ

「神がゐないことがはつきりわかつたから」とあはれ娘が言ふ

ベランダに来し子雀とたはむれて亡き赤ちゃんを娘はしのぶらし

外へ出づれば赤子ばかりが目に入ると娘は家にひきこもりたり

よく娘は狂はざりしよいつさいを心底信じし神の仕打ちに

結び目がほどけるやうに赤子の死の意味がわかる日が来るだらうか

くらがりゆ出でしとき赤子のあらはれてドアをすりぬけてゆきしと言ひぬ

白服の子がよぎるのを見しといふ亡き子が遊びに来しと言ひたり

子を喪ひし吾娘と五浦海岸に磯遊びのもなか慟哭をせり

グリーフケアⅡ

娘がこんな悲しみに会ひたるを「神も仏もない」と妻は言ひたり

「地獄を見せてもらつた」と妻は言ひ、以来教会へ行かずなりたり

不条理文学「ヨブ記」の神の行なひにつくづくわれは嫌気がさしぬ

兄弟がともに祈りくれたればこみあげてわが嗚咽となりぬ
（兄弟＝教会の信徒仲間）

教会を離れし妻をイエスならどんな喩をもて慰さめ給はむ

至福

吾子は赤子のままなればわれら子育て中の至福味はふ

どこからか集ひて祈りうたたねしふと目覚めてはまたも祈りぬ

神の前に子はありたれど子にとりてさて神はありしかどうか

娘の家に月命日を守り来て赤子のお骨に花を供へき

言ひて詮なき言へば傷つく双方が腹にことばをためをりしばし

鶴見線

貧しきは子のせゐならず責めらるる親のせゐでもあらざるものを

若き日を通学に使ひし鶴見線かくもさびれて廃れゆくかは

正月の支度といひて国道駅を降りて魚介を母は買ひたり

銀蜻蜓、殿様飛蝗、草いきれ、黒くぎらつき照りかへる海

引き潮の鶴見川辺に少年は蟹獲りをせし清水蟹とふを

日曜学校はたのしかりけりなんでも聞いてくれた気がする

鶴見には六つ映画館ありき第一、第二、第三鶴映、中央、京浜ほか

天き日はつゆ思はねど詰襟はつくづく犬の首輪のごとし

（題詠「ユニフォーム」）

横浜市立下野谷小学校級友いくたり「北」へ帰りぬ

帰還運動意気揚々と金村君も山田君も祖国へ帰りき

北は民主主義、南は独裁と教へられだまされてゐしにあらねど

田川建三訳聖書

訳に百、註に五百頁のパウロの書簡より刊行はじむ
（田川建三『新約聖書・訳と註』第三巻）

血湧き肉踊る田川建三訳全七巻の大冊となる

聖書翻訳の歴史とはすなはち膨大な誤訳史といふ

吾の好きな「良きサマリア人の譬へ」ルカのみが記したりけり

マルコ書の悪霊に憑かれし子とはてんかん発作を起こしし子ならむ

「放蕩息子の譬へ」をイエスが語るはずなしと田川氏は言ふ

マタイのイエスはベツレヘムで生れ三人の博士に祝福されつ

ルカのイエスはナザレで生れ羊飼ひらに祝福されつ

マルコのものはマルコに帰すべし訳者の思ひ入るるなかれと
ギリシャ語の語彙ひとつをまつぶさに調べて日本語に置き換へるまで
日本語に訳されゆく過程を読者もともに辿るたのしさ

パウロ

キリスト教の弾圧に行くパウロは日射病で倒れたりけり

ダマスコの道行くパウロへ強烈な太陽は照らし続けぬ

パウロの朦朧とせる意識へまぼろしのキリストが現はれにけり

弾圧の後ろめたさが渦巻きてパウロにキリストが現はれにけり

改宗ののちをパウロはキリスト教の宣教へと邁進したり

かくも醜きパウロの曝されてあまた私信が正典となりつ

伝道先からパウロが信徒、教会へ宛てし手紙は愚痴と叱咤と

聖パウロ大聖堂の内階段をのぼる螺旋の五百余段を

（ロンドン）

聖餐式

キリスト者の挫折にみちて暮鳥なる『聖三稜玻璃』の難解

暮鳥は牧師をやめしのちさらに信仰を深めしといふ

すきとほる冬のひかりを大股にイエスがこちらへ歩み来たりき

ナザレの丘に生れ育ちたるイエスは地中海の日没も見き

アッシジに行きたしジェットゥ描きしフランチェスコにひと目会ひたし

聖餐式にあづかる吾はキリストの身体にふさはしからず

アッシジのフランチェスコに由来する「合同の祈り」〈私を平和の道具とさせて下さい〉

こんなにも凄いイエスといふ人に倣ひてゆけるとはつゆ思はねど

被写体Ⅱ

一枚の写真が国家を動かすこともあるとふ「ＤＡＹＳ　ＪＡＰＡＮ」は
（月刊フォトジャーナル誌）

「被写体にたどり着くまで苦しんだ」と広河隆一言へり

最愛の妻の死後一年アラーキーは空しか撮らざりしとふ

手品に失敗したらしい、が失敗しなかつたら何ができたのだらう

一瞬で見なかつたことにして去つて行く人波の力強さよ

狩行が詠みし摩天楼より吾も見きセントラルパークはパセリ

妙子が詠みし金森光太いま森山良太、内山晶太

「放浪」の旅などあらず山下清けふは三駅と決めて歩きぬ

Ⅲ章

（二〇一一年三月〜二〇一六年一月）

ホットスポット

爆心地ゆ二百キロも離れしが妻のふるへて吾にしがみつく

大自然の不測のえねるぎいをヒトは制御などできざるものを

原子炉に京（けい）といふ美（は）しき名の単位兆の一万倍といへる

角砂糖一個の量で二千万人の致死量といふぷるとにうむは

「お父さんたちはいいよね」 ほつとすぽつとに住む娘が言へり

雑巾で汚染水を拭きバケツに絞るあな原始力な原発とふは

日本の水アブナイと韓国のペットボトルを吾娘は買ひ溜む

今年できた米は食べぬと決めたれば吾娘は古米を大量に買ふ

放射能恐れし吾娘は緑茶避けダージリンに換へしと言ひぬ

産地見て福、茨、栃ダメ、群、千ギリギリきれいな野菜

お父さんは年だから放射能でもなんでも食べればいいぢやん

ダダ漏れ

「クヨクヨするな、笑つて過ごせ」クヨクヨさせた張本人が言ふ

収束などあらず国のぶざまにも無能の限り尽くし来たりぬ

放射能ダダ漏れ日本は海洋汚染テロ国家とぞいはる

こんなにも制御できぬを推進とまだいふ　レミングの群れ

手なづける術(すべ)もあらぬにモンスターを飼はむとするジュラシック・パーク

しかるべきときに動けるロボットがロボット王国に一台もなし

「足りない足りない」と聞き飽きた足りてることはわかったから

人間が地震を食ひ止める日がいつか必ず来るであらうか

人間が津波を食ひ止める日がいつか必ず来るであらうか

人間が台風を食ひ止める日がいつか必ず来るであらうか

人間が火山噴火を食ひ止める日がいつか必ず来るであらうか

人間が原発に堕ちる飛行機を逸らす日が来るであらうか

人間が放射性廃棄物を浄化する日が来るであらうか

人間がすべての天変地異を支配する日が来るであらうか

傲慢をうちくだかれて人類がひれ伏すときが来るであらうか

もう起きるわけないぢやんと聞きながら地震列島原発列島

〈原発は止めてはならぬ核爆弾を造る能力を止めてはならぬ〉

不整脈

ああこれはイヂメかも知れぬと気づきたればヘラヘラと笑ひすごすな

自転車を降り階段をのぼりしにすなはち眩暈が吾を襲ひきぬ

（不整脈のはじめ）

このまま気を失つてはならぬと必死に意識にしがみつきたり

心臓かあるいは脳かひとしきり考へしゆゑ脳でなからむ

信玄袋みたいといはるわが鞄信玄はなにを詰め込みたるか

（題詠「鞄」三首）

網棚の上に忘れしを数秒後気づきしが鞄ひと月後戻る

『センセイの鞄』の主人公のやうな恋をするらし次女をかなしむ
（川上弘美著）

吾の影はかくも蜉蝣のごとく薄く透けてありしよ木道の上

御用達

痛みさへうつたへられぬ青年に試練を与へたまふな神よ

息子はわれらをいかに思ひゐるや何も言ひてくれぬはさびし

吾は息子御用達の三助　御身のうらおもてお洗ひ申す

ささやかなゆゑにたふときひとすぢの微光ありたり吾子より来たる

言葉にはしない方が正確に伝はることがあると思ひぬ

彼の人生はただ彼のものわれら親のものぢやないから

往時茫々よきことばかな意識してぼんやりとやり過ごす術（すべ）

穏やかなまま限りなく残虐になれるわたしを思ひ知るべし

凶暴な衝動が吾の奥ふかくあること骨の髄まで知りぬ

尊厳死とは尊厳殺のことなりとＡＬＳを患む人が言ふ

いづれ吾も要介護者にならむ日の来るべし楽しみに待たむ

一滴

「癒し」とふ卑しき語に倦みたれば霜山徳爾著作集を読む

肝に命じぬ時として人はとても呆気なく死ぬとふことを

不都合で不合理なものを愛せよとマザー・テレサは自らに課す

海原のただひたすらに凪いでゐてわが後頭部痺れはじめぬ

わが痛みはるけき人の激痛とかたみに重く疼きあふべし

いま、ここに、神の国はあるといふイエスのことばいまを生きよと

四十億年のいのちのはじめより大河の一滴をわれも担ひぬ

私とふ粒子が宇宙の塵に還るそれ以上でも以下でもあらず

国会正門前

娘に誘はれ国会の正門前にわれははじめて坐り込みせり
（特定秘密保護法案反対の坐り込み）

わが祖父が徴兵拒否をせしことを吾ははじめて誇りに思ひき

この国はあじあで二千万人を殺しつつ居直りやめぬ珍しい国

ナチスも羨みしとふ日本のふあしずむ下からのみんなのふあしずむ

「この国に北朝鮮を笑ふ資格なんかない」と吾娘が言ひたり

ずっと続く特別警戒実施中われは警官と目を合はさざり

つくづくと忌み来しことば「自己責任」「憎悪の連鎖」「苦渋の選択」

讃美歌

讃美歌を口ずさむときいまわれに必要なことは泣くことと知る

〈主のまことは荒磯（ありそ）の岩〉と讃美しつ吾子のまなこを見つめたりけり
（讃美歌85番）

〈主のめぐみは浜のまさご〉と讃美しつそれを知らずにここまでを来つ

〈移りゆく世さだめなき身〉と讃美しついまはのときも安けくあらむ

〈積もれる罪ふかき汚れ〉と讃美しつひそかに人を責めやまず来ぬ

〈血潮したたる主のみかしら〉と讃美しつげに罪ふかきわれのために
（讃美歌136番）

〈主よ、主のもとにかへる日まで〉と讃美しつなすべきことのひとつありたる

〈主よみてもてひかせたまへ〉と讃美しついかで正しき道を行くべき
（讃美歌285番）

ガザ

イスラエル兵に石を投げたる少年は射殺されたりめづらしくなし
（ガザ）

かつてほろこーすとされし民がいまほろこーすとせりガザの民に
（２０１４年７月〜ガザ攻撃）

牛も馬もオリーヴもほろこーすとせりナチスもせざるを

生まれ落ちはつか希望のありし子にガザなれば死は唐突に来る

赤子と知り妊婦と知りつつ銃撃すいすらえる兵の凄惨きはむ

家族らで腹を抱へて笑ひ合ひし日もありたるにガザの人にも

戦争とはプロの男と男とが目の前の敵をやっつけることだつた

兵士が人家に入り女や老人、子どもを殺すのは〈戦争〉にあらず

分離壁を越え空を越えたましひとなりてはじめて自由にならむ

テレビには映ることなしガザの肉片の散らばるさまも阿鼻叫喚も

いま意志を示さねばと追悼のキャンドル集会へわれは出でゆく

（於　築地本願寺境内）

パレスチナ難民にわができることあらざれば一子の里親となりぬ
（パレスチナの子どもの里親運動）

杉原千畝の妻がシャロン宛に書く〈ユダヤ人を救けたのがよかつたことか〉

そんなにむきになつてはいけないと内なる声がわれを制すも

この夜も虐殺される子があればわれはすべなくみひらきてゐる

嗚咽とは祈りのもなかこみあげてどうにも声が発せられざり

ボソボソと広河節(ぶし)の語りたる「ジャーナリスト以前に人間である」

（広河隆一『新・人間の戦場』）

手術

もしものことあらばとて術前を妻へ赦しのメモをわたしぬ

手術台の上をまはだかにあふむきて拘束の身のふるへやまざり

部分麻酔は耳に聞こえし「心房が弱りすぎてるさてどうしようか」

術中のＢＧＭのピアノ曲あれはユーミンの「卒業写真」

死にたるわれが天上から生きゐるわれをながめるごとし

血塗れはぬぐはれて傷口は塞がれて皮膚の下ペースメーカー埋まる

ペースメーカーを埋め込みし身は気のせゐか手足も胸もかゆくてならぬ

とりあへず痛みがなきをさいはひと術後の脳がたしかめてをり

手術後の空腹にわが食べしを完膚なきまで吐き尽くしたり

めさめるとわがかたはらに牧師ゐてささやくごとく祈りくれたり

喉元すぎれば忘れるわれにむしろ痛みは疼きつづけよ

哺乳類は心臓が二十億回打つとその一生を終へると聞きぬ

本来向いてゐるべき方向に向いてないことを罪といふらし

それ以外に書きようのないできごとと思へば奇跡をわれは信じる

思慕

草にすわればわたしのまちがひだったことがわかると重吉は書きぬ

だれの名でもないああちやん！と重吉は呼びにきあるいは神を

鍛へられし喉より出づるだみ声は地鳴りのごとき声明（しやうみやう）ぞ美（は）し

（題詠「声」二首）

わが声でうたはむと思ふまたそれがよい歌ならばなほよしとせむ

二十八歳の子はことばを発したことがないそれですんで来たのだから偉い

キリスト教信仰とかいふよりはイエスへのわがひたすらの思慕

迷宮に入ればたちまち巻き込まれ吾もけつこう順応性あるね

膝を折り目線を合はせ人の話を聴きゐるいまの天皇が好き

年寄りから

「憲法は一度も改定されてないからなんか変へてもいいかもしれない」

「戦争がしたいわけぢやないけどいつでもできる国にはしたい」

「戦争って人を殺すことでしょ、殺すのはいやだって言ってもいいの」

「戦争へ若い人が行くの、年寄りから行けば一石二鳥…」

透きとほるほどにあえかな朝顔の白きがふたつベランダに咲く

吾にとりて基督教とはすなはちイエスの「山上の説教」

礼拝を了へ教会を出づるとき荒海へ漕ぎ出だすごとしも

うろこ雲ゆく空の下わが家族いま来し道を帰るほかなし

日本人の幼児化は年齢の七掛けとさしづめわれは四十六歳

井上ひさし高一のとき受洗せる洗礼名マリア・ヨゼフといひき

戦争は「いつのまにかはじまる」なんにもなかりしごとくはじまる

〈九条を捨てて世界に出よう〉とふちんぴらに岩田正は〈負けてたまるか〉

白内障は手術のほかなし端的に加齢によるものと吾が言はれたり

個人情報なれば隣席の職員の年齢をわれは知らざり

時鳥と六回言ってごらん子規、不如帰、杜鵑、杜宇、蜀魂、沓手鳥

劣化

クジラはいつも歌つてゐるか大きな脳で瞑想してゐるといふ
（池澤夏樹『クジラが見る夢』）

「回転」とふ語源のホエールはゆつくりとめぐり美しきかな

われもまた群れる動物一斉に動かうとする本能がある

群れの動きからはづれることをわれも極度に怖れてをりぬ

日本の転換点をまなかひの国会正門前に吾娘とをりたり

（2015・9・18　安保法案反対の坐り込み）

愚駄愚駄と愚駄愚駄とかつ口早にわが宰相は答弁を読む

「戦争は絶対にない」だつて「戦争」でなく「平和支援」だから

国会中継見るに耐へ得ぬ薄ら笑ひ、醜悪な貌、劣化議員弾

隷従

いつもどこかで戦争しをるアメリカに付き随ひて日本は征く

米国への目に余る隷従にわが祖国愛ひりひりきしむ

ちぎれるほどに尾を振るポチの情けなし民族派諸君の怒らぬ不思議

かつて軍国の暴走をゆるししはものいはぬ大衆にもありしと思(も)へば

なんと卑劣なことをするのか一国の首相ともあらう御仁が

憎悪にさへ値せざればひたすらに軽蔑こそがあなふさはしけれ

怒るべきものに対して怒ることイエスからわが学びしひとつ

怒り続けることは尊し疲れぬやうやはらかき知性保たむ

ふあしずむは大本営発表(NHK)を通しさりげなく無邪気な装ひでそこにありたり

「どちらとも言へない」とおほく曖昧に持ちゐしは護身の術(すべ)を

「ていねいに説明するつて言つたよね」「うそつきシンちやんのことだから…」

百年

この国への『証言と遺言』を遺して間なく福島菊次郎死せり

「へのこ?へンな地名、じゆごん、何それ」かくて十年わが楔たり

（藤本幸久・影山あさ子監督「圧殺の海―沖縄・辺野古」）

人類はせいぜいあと百年とふ説あり百年も持つか

社会が変はらぬかぎり子どもたちの付和雷同のいぢめは続く

他の生物の生きる場所を奪ひ尽くしヒトに未来のあるはずはなし

若者が結婚できず子も持てず「少子化対策（日本人絶滅危惧）」は推進せり

アメーバ曰く「ヒトは短期間はびこったけど共倒れで滅亡したよ、よかったね」

プールの水面陽のきらめきにほほ笑みし吾子と吾とともに泳ぎぬ

夕風が草をゆらして撫でゆけば吾がたましひの浄めらるべし

道の辺に咲きしちひさき野の花のかそけき気配に包まれてをり

住みにくくなりまさりゆくこの国にこの子といかに生き延びてゆかむ

神の前に出づる日あらば預りし子を愛し尽くせりと答へむ

「花は咲く」けふもＮＨＫゆ流れ来てうつとりとみな無化するごとし

あとがき

本歌集は、『蕩児』『悲しき天使』に次ぐ、私の第三歌集である。第二歌集から丸二十年ぶりの歌集である。

この間に、何度か歌集をまとめたい、と思ったことがある。

八年前、長女の子が、産まれたばかりで突然死ということが起こり、そのことを詠んだ歌を中心になんとか歌集として残したいと思ったが、思うばかりで、月日が経ってしまった。

そのあと五年前の福島原発事故で、長女夫婦の住まいがホットスポットであり、そのときもそれらを詠んだ歌を中心に歌集としてまとめたいと思ったが、私の定年退職後で慣れない職場での再任用と重なり、思いが果たせなかった。

今回、ほとんど政治に無関心だった私が、安保法案その他、私なりに、「いま、歌わねばならない」「歌っておきたい」との思いにかられ、再任用の仕事も終了したところで、歌集をまとめようと思い、編集した。ほぼ編年順であるが、一部再構成した。

タイトルの『田端日記抄』であるが、短歌は日々の身辺の思いの記録ということで「短歌人」誌上でもこれで通して来たので、そのまま使うことにした。(抜すいなので抄を加えた)

六花書林の宇田川寛之さんには、いろいろと相談にのっていただいた。ありがとうございました。拙い歌集にもかかわらず帯文を三井ゆきさんが快くひき受けて下さり、とてもうれしく感謝。「短歌人」の仲間の皆さんにもふかく感謝します。

また、この間、わが家のために祈って下さった尾久キリスト教会の牧師先生夫妻、教会員の皆さんにも、記して感謝の気持を表します。

最後に、曲がったことが嫌いで、情の深い妻に、言い尽くせぬ感謝を捧げたい。

水島和夫

二〇一六年二月

水島和夫（みずしまかずお）
1948年、横浜生まれ。
横浜市立大学仏文科卒業。
1974年、「短歌人」入会。
歌集『蕩児』『悲しき天使』

〒120-0046
東京都足立区小台 2 - 2 -16-304

田端日記抄

2016年 5 月26日 初版発行

著　者――水 島 和 夫

発行者――宇田川寛之

発行所――六花書林
〒170-0005
東京都豊島区南大塚3-44-4 開発社内
電 話 03-5949-6307
FAX 03-3983-7678

発売――開発社
〒170-0005
東京都豊島区南大塚 3 -44- 4
電 話 03-3983-6052
FAX 03-3983-7678

印刷――相良整版印刷

製本――仲佐製本

定価はカバーに表示してあります
ISBN978-4-907891-27-5 C0092